【荷色生香】

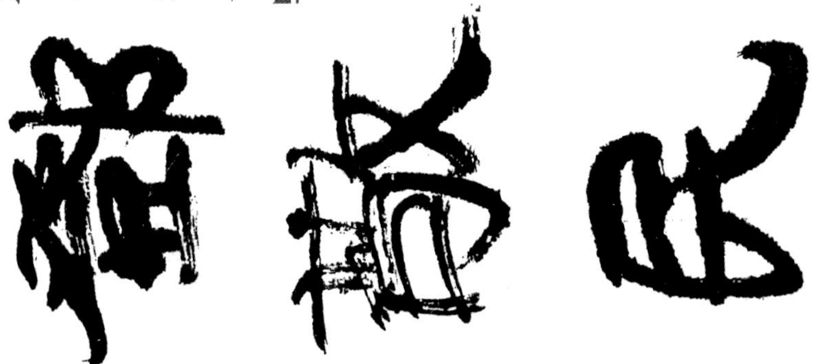

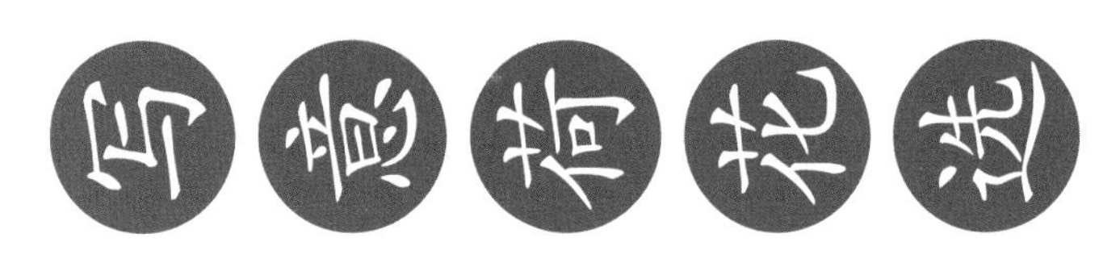

DENG JING MIN
XIEYI HEHUA XUAN

邓敬民 1964年生于四川成都，毕业于武汉大学，获学士学位，四川省诗书画院特聘画师。

主要作品有《石窟梦幻佛像系列》《石窟梦幻佛龛系列》《东方意禅山水系列》《田园牧歌系列》等。

出版有《中国当代美术全集·重彩卷》《名家名画·邓敬民中国画作品》《大匠之门·邓敬民石窟梦幻系列》《中国当代名家画集·邓敬民》《邓敬民浅绛山水画》《东方意禅山水——邓敬民青绿山水画》等个人画集、合集二十余种。

窗外世界

在我住的老式公寓里没有阳台，窗台便成了我的梦想之地。我将所有的窗台支起了花架，有几十种花木在这里安家，其中长得最快的是竹子，真有点“一顷含秋绿，森风十万竿”之景。十万竿是不可能了，几十竿就让窗前见不了月！莲荷为我所爱，见到荷塘，就想起杨万里的“接天莲叶无穷碧，映日荷花别样红”。莲花清净无染，民间寓意和谐、和睦、和气生财等美好愿望。曾买过一盆观赏荷，虽不能见到满塘莲荷、鱼水同戏的美景，但窗外微风拂过，让人感到“微风摇紫叶，清露拂朱房”的美感。艳丽、清芬的牡丹，幽远的兰花都在我的窗前留下了别样的记忆。

冬去春来，花开花落，这里已经变成了鸟儿、昆虫的乐园。初春来时，一些不知名的野花、杂草先有了春意，本想将它们斩草除根，但转念一想，这些都是鸟儿的杰作，春华秋实，它们是生态的传播者，乐善存心，就顺其自然吧！

疏于管理的几年，窗前已经变成了另一番景致，一片花草、鸟儿、昆虫的共生之地，每天我定时喂食，鸟儿越聚越多，虽是野生，却像家养，有了灵性。它们怡然自乐，麻雀、土画眉等都已是常客，晨晓在鸟儿的百啭千声中被催醒，犹如“檐前花拂地，竹处鸟窥人”。或许早起的鸟儿有虫吃，我也成了惜寸阴，朝夕勤修者了。

在陪伴这些花木、鸟儿、昆虫的同时，它们的一颦一啼，已铭记在心，胸有成竹，早有将它们绘于纸上的冲动。窗外的世界真精彩，而今这片梦想之地，正等着我去探索、描绘、展示它精彩的一面。

邓敬民

2012年10月8日于成都

晓色香浓　69cm × 34.5cm

一路连科　69cm × 69cm

碧荷出幽泉　69cm×34.5cm

秋 晨 69cm×34.5cm

花好朵朵红　69cm × 34.5cm

清塘荷韵　69cm × 69cm

舞　69cm×69cm

香飘十里风　69cm×34.5cm

莲叶接天　69cm×69cm

日照生辉　69cm×69cm

碧莲飞香　69cm × 138cm

秋　晨　69cm × 34.5cm

飞 香 69cm × 69cm

清 夏 69cm×34.5cm

疏雨花红透　69cm × 34.5cm

满塘荷气　69cm×69cm

金色池塘　69cm × 69cm

清 风 69cm×34.5cm

韵 69cm×138cm

独 娇 69cm × 34.5cm

晓 露 69cm×34.5cm

池 荷 69cm×34.5cm

荷　韵　69cm×34.5cm

晨　露　69cm×34.5cm

静　69cm×34.5cm

满塘荷气　69cm × 69cm

夏 韵 69cm×69cm

秋 歌 69cm×69cm

高　清　69cm×34.5cm

亭亭生妙香　69cm × 69cm

夏莲清影　34.5cm × 138cm

流　香　69cm×34.5cm

荷塘深处　69cm×34.5cm

风卷莲香 69cm×69cm

小 池 69cm×34.5cm

起舞弄影　34.5cm × 138cm

寻　香　34.5cm × 138cm

新 荷 69cm × 34.5cm

紫气东来　69cm×69cm

绽　放　69cm×34.5cm

暮 秋 69cm×34.5cm

蒸蒸日上　69cm×34.5cm

荷色生香　138cm × 69cm

娇艳羽姿 69cm × 69cm

荷塘晨曦　69cm×69cm

荷　韵　69cm × 34.5cm

微风清露　34.5cm × 138cm

夜静香远　34.5cm × 138cm

新 雨 69cm×34.5cm

紫气东来　69cm × 69cm

荷　梦　69cm × 69cm

触　醉　69cm × 69cm

接天莲叶无穷碧　69cm × 69cm

闻 香 69cm×34.5cm

图书在版编目（CIP）数据

荷色生香 : 邓敬民写意荷花选 / 邓敬民著. -- 福州 : 福建美术出版社, 2019.4
ISBN 978-7-5393-3925-2

Ⅰ. ①荷… Ⅱ. ①邓… Ⅲ. ①荷花－花卉画－作品集－中国－现代 Ⅳ. ①J222.7

中国版本图书馆 CIP 数据核字 (2019) 第 052753 号

出 版 人：郭　武
责任编辑：沈华琼
出版发行：福建美术出版社
社　　址：福州市东水路 76 号 16 层
邮　　编：350001
网　　址：http://www.fjmscbs.cn
服务热线：0591-87660915（发行部）　87533718（总编办）
经　　销：福建新华发行（集团）有限责任公司
印　　刷：福州万紫千红印刷有限公司
开　　本：889 毫米 ×1194 毫米　1/12
印　　张：4.33
版　　次：2019 年 4 月第 1 版
印　　次：2019 年 4 月第 1 次印刷
书　　号：ISBN 978-7-5393-3925-2
定　　价：48.00 元
